헤메던 것을
어렴풋이 알 것 같아요
저 말이에요,

웃기고 사랑스런
농부가 되려고요

김수빈 시집

1 부
짓고 키우고 키워지고

농부와 작가   10

외할머니는 절대 반대   11

작물 선택   14

자연을 가까이 하면 좋은 이유   15

표고버섯 자라게 하는 법   16

엄마도 반대   17

타박타박 고구마   18

물만 뿌려도 진딧물이 줄어들듯   19

아빠는 찬성, 다만   20

검은콩의 별명은 서리태   21

옥수수와 너   23

이감자와 김엄마   24

몇 분이세요   25

해가 깔리던 날에   26

마법사의 최애   27

응게 혹은 엉게   29

작아서 귀여운 것들   30

감정도 번갈아 심는 게 좋겠어   31

치유 농장   32

그래서 땅은 있고?   33

닭을 키우는 대신   35

앞이 보이지 않을 땐 너를 본다   36

한 뼘이 네 몸을 감쌀 때   37

예기치 못한 낭만   38

보를 붙이면   39

눈부처   40

조그만 발 힘이 어쩜 그렇게 센지   41

물웅덩이   42

초록을 움켜쥐던 날   43

2 부
어떤 사랑은 마음보다 무거워서

울산 바다 46

무궁화호 해우소 47

이클립스 48

점선면선점 50

카페 머물다 52

손금이 뭘 뜻하냐면요 54

지금 나의 바다 55

우리의 문장 56

씀에 대하여 57

꿈을 꾸는 중이에요 59

파란색 60

시절 인연 61

버 룻 62

기억없는 들꽃처럼 63

읽지 않음(1)   64

밤 열한시 사십팔분을 지나던 때에   65

일교차가 심하니 겉옷을 챙기세요   66

파도멍   67

글 밥   68

쓰던 밤   69

찾으시거든 연락 좀 주세요   70

이명신 ; 이브 명동 신세계   71

그림자는 내리는 비에 젖지도 않고   72

그러니까 내 말은요   74

그리움   75

제가 무슨 말 하고 있었죠?   76

계절과 계절 사이   77

사람이고 사랑이고 삶이고   78

에필로그   80

1
짓고 키우고 키워지고

농부와 작가

자음과 모음
씨앗부터 심고
단어 모종
문장까지 키워

겉흙이
속마음이 마르지 않게
가장 바깥쪽부터
물 흠뻑 햇볕 넉넉히

하여야 한다는 강박 없이
할 수 있을까 의심 없이
밝고 어두운 시간
매일 글밭에 나가는 것

젊음이 진다고 슬퍼할 무렵
조그맣게 맺힌 열매로
생각지 못한 기쁨 얻는 것

살아가는 힘
사랑하는 힘
그곳에서 올 테지

이미 나는
농부였던 거지

외할머니는 절대 반대

농부가 되려는 이유
조목조목 말했더니

검은 눈동자
또렷한 근심

허허 그래 안 그래도
저어기 뒷집에 아들이랑 엄마캉 둘이
정구지 숭궈가 쌔가 빠지게 캐가
연에 억은 번다카데

약수마을 멋쟁이 농부의 말
그녀 마음 아는지 모르는지

마당까지 마중 나온
걱정의 말

농사 거기 근처에도 가지 마래이
절대 농사 그거 발도 들이지 마라캐라
후에도 전해온 말

선택의 여지없이
농부의 아내가 되었지
아니 농부가 되었지

경운기도 네발 오토바이도
거침없이 몰던 그녀의 꿈
뭐였을까

어린 손녀 앉혀두고
두발자전거 배우려
넘어지고 또 넘어지고
구르고 굴러도 다시 일어섰다
그녀는

부딪혀 찢어진 입술
꿰매는 게 무서워 벌벌 떨자
책임지겠다 큰 소리치고 와선

밤새 어린 입에
꿀 바르고
또 바르며
나무 관세음보살 –
나무 관세음보살 –

할머니
저 우선 작가 될게요
새벽에 경운기 짐칸에 올라
눈도 다 못 뜨고 먹던
미나리 라면 맛에 대해서
찰지게 말할 수 있는
그런 작가요

그러고 나서
농부가 될게요

외손주 키워놔봐야
만고 소용 없데이

여기까지 들린다

작물 선택

귀농한 지 10년도 더 넘은
경주 블루베리 농부
빼곡한 메모장 너머로
전한 말

작물도
적성에 맞는 것을
심어야 한다고

첫 작물은
짧은 글을 심어볼까

그렇담
어떤 종자를
심어야 할지요

하늘의 동업자께 묻지만
언제나 답이 없다

그저 오늘도
바라만 본다

자연을 가까이하면 좋은 이유

가설을 검증할
과학적인 증거나
조사 결과를 덧붙여야
신빙성이 높아지겠죠

그런데요
사실 우리는 알잖아요
굳이 증명하지 않아도

몸으로
느껴지는 걸

표고버섯 자라게 하는 법

뒤돌면 자라 있고

뒤돌면 자라 있어요

그런데 얘네가 안 나올 때는

뒤집어도 보고

온도도 변화를 줘요

충격이 있어야 자라거든요

살려고

살려고 자라는 거예요

- 버섯농가 27살 청년 농부 인터뷰를 보고

엄마도 반대

주말에 놀지도 못하고
밭 매러 가는 게 얼마나 싫었는데
엄마는 못 도와준데이

농사 그게 니 얼마나 어려운지 아나
일단 저기 아는 밭에 가서
풀부터 뽑아보고 얘기해라
머리로 짓는 거야 쉽지
반나절만 해도 나자빠질껄

우리는 서로 알고 있다
진짜 농사를 지으면
투덜대며 와있을 그녀를

보다 더 일찍 엄마가 된
어여쁜 내 엄마

드센 척해도
순희,
이름만큼 고운 사람

몽실몽실 수국에 황홀해 하고
낙엽의 유영에
함께 헤엄칠 줄 아는 사람
사랑받아 마땅할 사람

타박타박 고구마

고구마 팝니다 고구마

타박타박 고구마

타박타박 고구마가

한 소쿠리 오천 원

두 개에 만 원

타박타박 걸어와서
종일 주위를 걷는다

타박타박
타박타박

잡생각 떨치려
같이 걷는다

물만 뿌려도 진딧물이 줄어들듯

미끄러운 욕실 바닥
작은 알몸 자꾸만 춤을 춘다
그만
제발 그만!

같이 미끄러질 뻔한 이성을
간신히 붙잡고서

 - 오늘따라 엄마가 더 예민해지는 것 같아
   자꾸 짜증이 나려고 해

 - 안 돼 그러면 안 돼
   내가 예민한 거 씻어줄게

젖은 손 자국이
늘어진 티셔츠를 어루만진다

희한하게도
마음이 평온해졌다

아빠는 찬성, 다만

여러 차례 내뱉은
사업 계획 발표에도
꼼짝 않던 아빠가

그래 농업이 이제 곧
블루오션이 되긴 할끼야
내가 느 엄마였으면
같이 했을거다

근데 느그가
이거하다 푹 쓰러지고
저거하다 푹 쓰러져도
하나는 벌고 있어야 하지 않겠나

그게 내 역할이라 본다

25살 가장되어
또다시 가장의 가장이 된

아빤 원래 뭐 하고 싶었어?
너희 아빤 정치가 꿈이였었지

요즘 뉴스 보면
안 하길 잘한 것 같아 아빠

검은콩의 별명은 서리태

사업을 하려거든
뭘 하려거든
할 수 있는 것부터
제일 쉬운 것부터

책을 덮고
냉장고를 열었다
꿀단지에 담긴
알알이 검은콩

분리배출형에 처한
스티로폼 상자 특별사면해
축축이 적신 키친타올
바닥 깔아 올려두니

점점 검어지다가
점점 불다가

검은 옷 벗고
초록으로 일어선다
사람이 보지 않는 밤이나 새벽

여러 뿌리만 남은 흙에
거처 옮겨
자란다

계속 자란다
잘한다 잘한다
자란다

해지면
연녹색 동그란 잎
잠시 몸 눕혔다가
베란다 발자국 소리 들으며
매일 자란다

서리맞으며 수확한다고
별명이 서리태

서리맞을 즈음에
네가 콩이 된다면

그 즈음에 나는
무엇이 되어야 할까

옥수수와 너

분명 5월 말엔
발목까지 왔었는데

오늘 갔더니 글쎄
긴 잎 끝으로 차 옆구리를
간지럽히는 거야

언제 이렇게 큰 거야?

콕콕 간지럽혀도
아랑곳하지 않고
알갱이 같은 어린니로
야금야금 옥수수 뜯는 너

언제 이렇게 큰 거야?

이감자와 김엄마

아이고 내사랑

그새 탔네

감자같아 감자

이감자씨

나 감자 아니야

이잇

김엄마씨!

몇 분이세요

세 분이시죠

아뇨 아이랑 둘이요

그래도 다행인 건

우리 둘 다 잘 먹는다는 거야

조금 덜 무안하고

오히려 당당한 이유지

해가 깔리던 날에

- 오늘 어디 가는 날이야?

- 어린이집 가는 날이지

- 어린이집 다시 가?

- 맞다 유치원이다 유치원
  엄마가 헷갈렸네

- 아이 참 엄마
  해가 깔리면 어떡해

자꾸만 해 깔려도
그는 내 눈을 보고
천백십만큼 사랑한다 말한다

마법사의 최애

따뜻한 곳에 살던
천백 살 마법사
원래는 알에서 태어났고
후에 뱃속으로 왔단다

보고 싶어 하길래
왔단다

이 세상에서
그의 마음을 끈 프로야구
엄밀히 말하자면
로떼 자이언츠

우리는 누구
채강 로떼
승미는 누구
채강 로떼
로떼는 승미한다

걷다가 마주친
강남노래방 간판 앞
더듬더듬
강-
남-

어
유강람?

잭 렉스는
잭 맥스가 된지 오래

오늘도 잠자리 선곡은
로떼노래
부산 갈매기가 재워주는 밤

마법처럼
1위를 찍던 날

역시 마법사가 맞았구나

응게 혹은 엉게

가시나무에 돋는 새순은
두릅과 같으며 조금 다르다

누구는 응게 잎
누구는 엉게 잎

채송화처럼 곱게 앉은
신서리 화실댁
그녀의 집 마당에 선
두어 그루 가시나무

야야 그거 이제 따야 될낀데
야야 그거 이제 따야 된데이

아들에겐 몇 번이고 전화가 온다

느이 엄마는 이름 뭐고
느이 엄마는 이름 뭐고

손녀의 아들에게도 몇 번이고 물으신다

이제 가실 때 됐지요 뭐,
덤덤히 내뱉는 가시 같은 말 속에
여린 새순 돋아있다

작아서 귀여운 것들

눈곱만 한 파란 씨앗에서
손톱만 한 모둠 쌈이

상당히 괜찮은 꽃향기에서
3살 배기 아기 주먹만한
진초록 한라봉이

보랏빛 통통한 부부 아래
연둣빛 블루베리 식솔들이

작아서 그런가
아주 귀엽다

작아서 모두가 귀여운 거라면
그래서 그런 거라면

주위엔 온통
귀여운 것 투성이다

감정도 번갈아 심는 게 좋겠어

한 가지 작물만 계속 심으면

그 땅의 영양분이 결핍됩니다

시용하는 비료량에 비해

흡수나 물에 씻기는 양도 적어

특수 염류가 많이 남아있고요

치유 농장

치유 농장 그거
쉬운 게 아닙니데이

하려면 땅도 제법 넓어야지
숙박도 돼야 하지

그리고 거기 오는 사람들은
보통 그 조금 이상한 사람들이
주로 올 텐데

그것도 보통 일 아닙니데이

듣고 있던 건
사실
조금 이상했었던 사람

그래서 땅은 있고?

나 농사지으려고
우선
이렇게 해서
이렇게 할 거야
이런 다음에
이럴 거고

어때 제법 괜찮지 않아

그래 다 좋은데
그래서
땅은 있고?

나 작가가 되려고
이런 말 그렇겠지만

어떤 밤
자꾸만 곁을 찾는 사람,
작은 바람에도
홀로 흔들리는
그 사람 마음을 붙잡고 싶어

어둠은 생각보다 길지 않다고
괜찮지 않아도 괜찮다고
말해주고 싶어

그래 다 좋은데

그래서

땅은 있고?

닭을 키우는 대신

30구짜리
마음 한 판을 사야겠어요

톡 하고 깨어져도
새것을 꺼낼 수 있게요
적어도
한 달은 버틸 수 있을 거예요

뜻대로 잘되지 않는 날엔
삶든 굽든 먹어버리면

마음먹은 대로
살 수 있지 않을까요

앞이 보이지 않을 땐 너를 본다

둘러둘러 이곳까지
왔다고 생각했지

다른 길이 있었을까
길을 잘 못 들었나

천만에
너를 만난 여정
가시마저 소중한걸

한 뼘이 네 몸을 감쌀 때

연한 별빛 수놓아진
면 소재 얇은 담요

포근한 기억
햇살 흠뻑 머금고서

더듬다 눈이 감기는
오후 4시
그 평화

예기치 못한 낭만

마주 선 눈동자
크고 검은 행성이
반짝이고 있어

초침도 조금
천천히 움직이던
그 순간

 – 사랑하는 뜻이야,
  사랑해

어색한 문장
전해진 진심

예기치 못한
낭만에 대하여

보를 붙이면

이걸로 우는 거야?

울보야 울보?

나 울보 아니야!

엄마는

짜증보야!

사실이었다

눈부처

별로 탐탁지 않던
내가
네 눈동자에 담기니
조금
사랑스러워졌어

내 눈동자에 담겼을
너는
오늘도
여전히 사랑스러워

더 사랑스럽지 않을 수 없을 만큼

조그만 발 힘이 어쩜 그렇게 센지

차이는 건
슬프지 않다

다만
아플 뿐이다

물웅덩이

추적이던 비가
어느새 멎어들고
아스팔트 위
먹먹한 물웅덩이

너는 그걸 보고
땅이 시무룩해졌다지

고인 빗방울들은
고인 슬픔이었나
비친 내게 되묻다가

하늘과 하늘 사이
기울어 선 나
작은 장화발에
흐려졌다가

빗물 흘리며 말했다

보고 싶어서
그랬던 거야
보고 싶어서

둥근 파동으로
메아리치는 말

초록을 움켜쥐던 날

가랑비 젖은 잎

도시 속 풀 내음

꽃이 진 자리엔

무성한 이파리들

어느덧 내 안 가득히

초록을 움켜쥐고

2
어떤 사랑은 마음보다 무거워서

울산 바다

해운대와 송정
부산 해변 파도는
조곤조곤 차르르
모래알을 적셔요

강동 혹은 정자
동해안 같은 바다
울산의 파도는요

처어얼푸덕 푸슈우
처어얼써억 피슈우
경상도 뭇사람처럼
거침없이 오고 가며
바위마저 깎아요

다행히 그 난리통에
내 울음도 묻히고요

무궁화호 해우소

덜컹이며 달려가는

무궁화호 화장실

천둥번개 소리내며

사라지는 오물들

정말로 사라진다면

더 많은 것 쏟을 텐데

이클립스 (eclipse)

온 힘 다해
사랑하여

더 이상
날 수 조차 없이

삶 앞에
헐벗은 이 순간

네 모습 내 모습
고작
노란 부리 하나 차이

서로에게 머물러
닮아가던 때

지켜주고 싶었던 거지
두런두런 흘러간다
첫 만남 떠올리며

고마워
곁이 되어줘서

너라서

– 이클립스(eclipse) 현상

 수컷 청둥오리 깃털의 색은 보통 화려한 모습을 보이는데 이는 번식을 위한 생식깃으로 번식기가 지나면 털갈이를 통해 암컷과 같은 색이 된다.

점선면선점

점과 점이
선이 되고
선이 모여
면이 되듯

당신과의 인연도
무수한 만남의 직선
교차점 하나겠지요

세밀하게 짜여진
우주의 계획 중 하나겠지요

우연처럼 짜여진
우주의 계획 중 하나겠지요

점이 선으로
선이 면으로
면이
하나의 우주가 된다면

오늘의 끄적임은
우주의 점 하나
점의 점
소중하고 소중한 일

점과 점이
선이 되고
선이 모여
면이 되듯

카페 머물다

수국대 사이 숨겨진
투박한 나무 문을 밀고 들어서면

낮은 조도
원두 갈리는 소리
같은 것 하나 없는
의자와 테이블에
각기 다른 이야기가 피고

낡은 카세트는 입을 다문 채
듣고만 있어요

매끄럽지 않은 벽
맞닿은 바닥에 생긴 균열 속
빛은 스미고

벽돌 틈 얼기설기 채운
시멘트처럼
우리 이야기를
시간 틈에 채워 넣고

작은 단어들이
샹들리에 유리 각에
색색으로 반짝이는 시간
잠깐의 실수도 괜찮아요

어울리지 않는
모든 것들 속에서
지금에 머물러요

어우러져요

손금이 뭘 뜻하냐면요

세상의 존재되어

한 주먹 쥐었지요

만들어진 금들이

어디로 향하든

모든 것 손안에 있으니

두려워 말아요

지금 나의 바다

날 것들과 나는 것들

가득한 이곳

스치는 생각들

잔물결 일으키고

허옇게 떠올랐다 잠긴다

테두리만 갖고서

우리의 문장

어느 문장 위에

당신과 내가 놓인다면

눈으로 읽어내고

입으로 읊조려도

문맥 상 어색하지 않은

자연스런 사이이길

씀에 대하여

산사 앞 마당
화면 앞에 섰다

사아악 사아악
스님의 빗자루질
반복 재생 중

푸르고 어두운 곳
나무 의자에 앉아
버릴 것들 써나간다

후회
게으름
미련
나약함

지난날을
걷다가

이미 거친 종이
거칠게 구기고

차마 쓰지 못한
한 가지
미처 버리지 못해

달랑거리며
따라나오고

그렇게

쓰고
쓸고
쓸어내고

꿈을 꾸는 중이에요

파일럿을 꿈꾸던

소년은 어른으로

작가를 꿈꾸던

소녀도 어른으로

꿈에서 깨지 않았지

두둥실 떠올랐지

파란색

시린 색이었다

눈부시게 찬란했던

파란 하늘 파란 마음

퍼렇게 질렸다가

푸르게 돌아오려고

파랗게 아팠다

시절 인연

8월의 코스모스
너를 보았다

오지 않은 계절
우리 인연은
잠시 정차한 시간만큼

가을인 줄 알았으나
지금은 여름이라

연약한 줄기
오래갈 수 없었다

같은 계절
같은 시절에 만났다면
조금 더 오래 보았을까

버 릇

손을 맞잡을 때 꼭 한번은 당신의 엄지손가락
툭 튀어나온 첫 마디 아래 곡선으로 들어간 두
번째 마디, 엄지의 목 같은 그곳을 내 엄지와 검
지 사이에 굴리곤 했지요 또 거기 만지는 거야
라는 물음에 응, 자꾸 만지게 돼 중독적이야 하
고 답했을 거고요 왜 그 두번째 마디를 만지게
되었을까요 마디로 튀어나온 살과 함께 굳어진
시간 너머를 더듬어 보지 못한 그 시간까지 함
께이고 싶어서일까요 안쪽 여리고 단단한 부분
을 감각으로 더듬으며 온전히 곁에 있음을 느끼
고 싶어서일 수도요 결국 곁에, 함께를 자꾸만
확인하고 싶었던 거죠 손과 손이 서로를 안을
때 품을 더 절실히 느끼고 싶어서, 그래서요

버릇은 남고 마디는 없어진 채 시간을 더듬어요
아주 잠깐만 떠올려요

기억 없는 들꽃처럼

아픔에게도
뇌가 있나 봐요

한 계절
온몸으로 앓았던 기억
잊지 못하고
다시금 젖어드는 걸 보면

혹시나 하는 기대가
이른 더위보다
숨 막히게 하네요

지나온 발자국엔
물이 가득 고여
달 하나가 담겼고요

갖고 싶어지기 전에
걸어내야 해요

다음 계절로
걸어가야 해요

아픔이 모든 걸
떠올리기 전에

읽지 않음(1)

떠오른 알림 하나
외면하기 어려운 것

후회할 줄 알면서도
호기심이 이성 잃고

때로는 모르는 채로
두는 게 나을 것들

밤 열한시 사십팔분을 지나던 때에

아무것도
아무도
없는 날이었어요

사랑인 줄 알았어요
사랑이었죠
어려웠어요

인연인 사람들은
붉은 실로 이어졌다는데

푸른 실로 엮였었나 봐요
우리였던 당신과 나

다행이에요
이젠
잃지 않는 밤이잖아요

아무것도
아무도
잃을 것이 없어요

일교차가 심하니 겉옷을 챙기세요

하루 사이 온 겨울

예상하지 못한 온도

영원할 듯 오랜 무엇도

낯설은 계절로

덜 여문 마음 틈으로

찬바람이던 날

파도멍

뭐해?
불현듯 떠올랐다가
촤르르
썰물로 되돌아가고

잘 지내?
뒤이어 떠올랐다가
쏴아아
밀물에 잠겨버리는

몇 번의 파도가
다녀간 자리엔
바다로 가지 못한 말들이
자갈처럼 남아

자꾸만 씻어내도
지워지지 않는 밤

글 밥

글을 짓는 일은

한 솥의 밥 짓는 일

도정한 순간을

여러 번 헹궈

물 맞춰 쪄내는 일

텅빈 속 채워보려고

읽는 일

곧 먹는 일

쓰던 밤

어느 것 하나도

쓰여지지 않은 밤

잠든 하루 곁에

바짝 붙어 살핀다

만년필 사각거리는

속삭임만 번지고

찾으시거든 연락 좀 주세요

별거 아니라고
다 왔는데
넘어진 것뿐이라고

답을 찾고 싶어질 때

그건 아니야
라는 말 대신
너를 믿어봐
라고 말하고 싶어요
듣고 싶고요

누구나 변해
사람 잘 안 변해
무엇이 정답일까요

돌고 돌아와
물음표가 별처럼 떴어요

잃어버린 답을 찾아요

이명신 ; 이브 명동 신세계

크리스마스 이브

명동 그저 신세계

불빛과 렌즈

욕망을 갖는 일

어쩌면 우리 삶도

불나방과 같다고

그림자는 내리는 비에 젖지도 않고

원하던 날이에요
비가 왔으면 했어요

뒤돌아보지 말란
말 뒤에
그림자는
우산을 쓰고 있어요

그리고는
멀어졌어요

저벅거리는
발자국만 남아
물어요

좋은 기억도 많았잖아
안 그래?

그림자는 번호가 없어서
연락하진 않았어요

가로등을 만나면
발 아래부터 자라날 거예요

테두리가 없었으면 해요

나무 그림자에
포개지도록

발 아래
한 맘 뉘일
나무 그늘 자라도록

그러니까 내 말은요

요즘 어때요
안부 아닌 안부

뻔한 대답 뒤
목적 아닌 목적

사실
그 말 하려던 건 아닌데
아니었어요
아니었겠죠

메마른 단어들만 골라
해야 할 말을 해요

꺼내고픈 단어들은
혓바닥 아래 담아둔 채

해야 할 말만 해요

그리움

나무도 그런 날엔
가지를 떨었지

형태 없는 감정이
빈 마음에 들어앉아

눈동자 색은 흐려지고
품을 떠올리던 날

제가 무슨 말 하고 있었죠?

되감을 수 없이
흐르는 시간에
저밀 때에는

기림사 연잎 되어
하루를 보낼 거예요

갑자기 내린 비에
젖지도 않고요
뾰족한 빗방울도
물구슬로 만들죠

본 적 있나요
초록의 기울기를

화려한 겉에게
시선을 빼앗기지 말아요
비어있는 배경이
그것을 빛낸다는 걸

이제는 알 것 같아요
아직도 멀었지만요

계절과 계절 사이

오르기만 하던 온도
어느덧 낮아지고

뜨겁게 타오르다
차갑게 꺼지던
여름 언덕을 지나

잠시 앉아
뒤돌아보는 계절
바람과 숨을 같이 쉬어보던 날

아픔만큼
색이 선명한 날들이었다

나부끼던 기억의
소매를 붙잡아
준 마음을 돌려받았다

하루 사이 끼워두곤
지금을 걷는다
뛰어도 본다

툭 –
잘 마른 마음
갈피가 되었다

사람이고 사랑이고 삶이고

상처 주는 것도 사람
낮게 하는 것도 사람

사람이라서
사랑해야지

먼지 같은 존재
일생일대 사명

새벽을 토닥이며
오지 않는 잠에 든다

사람이라서
사랑해야지
밉고 고운
삶이라서

에필로그

수빈,
마침표 없는 밤을 읽고 있나요?

그럼에도 살아갑시다
살아가다 보면
살아집니다

그렇게
사라집니다

그럼에도
불구하고

\-
당신의 읽음으로
지금 이 곳,
온전한 책이 되었습니다.

어느 날 밤,
와락 안긴 꼬마 마법사는 본인의 무게를 실어
저를 더욱 흔들었습니다. 둘이 함께 시계 추처
럼 앞뒤로 오가다가 작은 몸이 있는 힘껏 미는
바람에 큰 몸이 훅 - 뒤로 넘어질 뻔했고요. 깔
깔거리고 웃으며 다시 중심으로 돌아왔습니다.
 그는 작지만 강한 두 팔로 다시금 제 목을 세게
끌어안으며 말했습니다.

 - 무너질 만큼 사랑해.

그런 마음이에요.

무너질 만큼 사랑합니다.
고맙습니다.

GEURUME-DO

웃기고 사랑스런
농부가 되려고요

초판 1쇄 발행 2023년 7월 31일

펴낸곳 그럼에도 @geurumedo_
편집인 김수빈

지은이 김수빈

출판신고 2023년 6월 23일 제 372-2023-000003호

ISBN 979-11-983760-0-8 (03810)
값 10,000원